내 인생에 황혼이 들면

개미

내 인생에 황혼이 들면

김준엽

　우리나라 최초의 장애인문학예술 전용공간인 대한민국장애인창작집필실에서 주최하고 장애인인식개선오늘에서 주관한 2014 장애인창작집 발간지원사업에 많은 분들이 관심을 기울여 주셨습니다. 이분들의 관심이 없었다면 이번에는 정말 힘들 뻔했습니다. 이 집필실의 공간 지원금을 회수하겠다는 가슴아픈 소식이 들려왔기 때문입니다.

　2013년 이 사업으로 총 7권의 시집을 가졌습니다. 시집을 받아들고 기뻐하던 시인들의 얼굴이 눈에 선합니다. 이 중 두 권 시집(공다원, 박재홍 시집)은 2014년 세종도서 문학나눔 우수도서로 선정되기도 했습니다. 그 전해 선정돼 출간된 시집들도 다수 여러 유형의 창작기금과 문학상을 수상했습니다.

　앞으로 더 많은 관심과 격려가 필요합니다. 그래야 우리는 더 좋은 성과를 낼 수 있고, 이런 성과가 결국 장애인에게 꿈과 희망을 안겨주는 일이 됩니다. 그럼에도 문화융성 강국을 외치는 이 나라에서 우리가 가진 조그만 창작공간마저도 더 이상 내주지 않을 거라고 합니다.

　그래도 이번 선정된 시집들을 보면서 다시금 용기를 가져봅니다.

　어려운 중에도 대한민국장애인창작집필실의 창작집 발간사업을 지원해 주신 대전광역시 권선택 시장님의 배려에 깊이 감사드립니다.

2014년 12월
대한민국장애인창작집필실 운영단체 장애인인식개선오늘
대표 박재홍

대한민국 장애인 창작집필실에서 주최하고 장애인인식개선오늘에서 주관한 2014 장애인창작집 발간지원사업에 많은 분들이 관심을 기울여주셨다. 소외된 자리에서 자신의 내면에서 우러나오는 말에 스스로 귀 기울인 사람들이 그만큼 많았다는 뜻이다. 그리고 그 말들은 절절하고, 절절한 만큼 아름다웠다.

이미 많은 이가 애송하는 「내 인생에 황혼이 들면」의 김준엽, 진솔한 감성을 쉽고 단아한 언어로 형상화하는 위수연의 「휠체어의 비명」, 한줌 햇살 여린 나뭇잎 하나의 의미도 놓치지 않는 「서산에 해지는 한순간」의 이민행, 그리고 「슬픈 순례」로 기나긴 삶의 그늘을 걷고 있는 많은 시의 발걸음들…….

이들의 시를 널리 알려 온 세상 사람들에게 전달해야 한다는 우리의 사명감이 어느 때보다 높았다. 이들의 한 편 한 편 시가 편견의 미몽에 젖은 세태를 정화하는 청아한 목소리가 되어 우리 주변에 맴돌게 되기를 기대한다.

― 심사위원회

벌써 두 번째 시집을 발행하게 되니 마음이 너무 기쁘면서도 마음 한쪽이 무겁습니다.

세월이 참 빠르다는 생각이 듭니다.

몇 년 전만, 해도 시집 한 권을 발행하는 것이 나의 꿈이었는데 벌써 두 번째 시집이 발행된다고 생각하니 만감이 교차합니다.

시는 제 삶을 글로 표현하면서 세상과 소통하기 시작했습니다. 또 나의 고통과 그리움이 담겨져 있습니다.

시는 때로 나의 친구가 되어 주었고 때로는 애인이 되어 주었습니다.

불같이 타오르는 젊은 날, 손가락 하나 내 의지대로 움직일 수 없고 말 한마디 제대로 못하면서 누워서 지내야만 했던 시절 문밖의 세상은 동경의 세상이었을 뿐 천길 낭떠러지에 떨어지는 내 마음이 시 속에 들어 있습니다.

무학일 때 마을 어린 동생들에게 장애인이라고 놀림을 받고 또 바보라고 놀림을 받다 보니 오기가 생겨서 독학으로 한글 공부를 시작하게 되었다. 한글을 배우면서 내 마음을 세상 사람들과 소통할 수 있는 유일한 길이란 걸 알게 되어 글을 쓰기 시작했습니다.

시에 기교를 부릴줄 몰랐기에 감정과 느낌 그대로 표현하고 가슴에서 폭발하는 감정과 감성 그대로를 글로 승화한 것입니다. 문법도 잘 몰랐기에 보고 느낀 그대로 내 마음을 시로 자유롭게 언어를 구사하면서 내 마음을 표현하게 되었습니다.

다듬어진 글귀들이 아니기에 독자들이 어떤 평가를 하실까 감정 표현이 서툴게 와 닿을 수도 있지 않을까 하고 염려도 되지만 읽는 사람들에게 잘 전달되길 바라봅니다.

이 시집이 나올 수 있게 도와주신 박재홍 선생님과 박지영 편집장님, 그리고 여러분들에게 감사드립니다. 앞으로 더 좋은 시를 쓰도록 노력하겠습니다.

2014년 12월
김준엽

내 인생에 황혼이 들면
차례

축복의 노래

마지막 만남이란 것도 모른 채
용기를 내어 내 모든 것 다하여
당신을 사랑하였노라고
말을 하였을 때
당신은 이미 남의 사람이
되어 버렸다고 말하면서
눈물 흘리며 뒤돌아섰지요

당신에게 불러 주어야 할
내 뜨거운 사랑의 노래를
가슴으로 죽이며
축복의 노래를 불러 주면서
당신을 영원히 보내 주었지요

영원히 가는 길에
당신은 나보고
웃음이 가득 찼던 얼굴
아름다운 모습으로

기억해 달라지만,
나에게 있어서
당신 기억나는 것은
눈물에 흐르는 얼굴
뒤돌아서는 슬픈 모습뿐입니다

당신이 그리워하는 멍든 가슴은
밤하늘에 빛나게 떨어지는
별똥이 되어 떨어지고
뼛속까지 스며드는 외로움은
당신을 향한 미움으로 변해 갔습니다

종이배

하얗고 네모난
내 하늘을 접습니다

하늘을 접고 또 접습니다
무엇으로 접혀질지
무엇으로 접어야 할지 모르고
마냥 접기만 합니다

내 손끝에서 접어진
하늘은 하나의 종이배가
되어 가고
그동안 흐르지 못하였던
냇물이 다시 흘러갑니다

다 접어진 종이배에
오랜 세월 써 두었던 당신을 향한
내 사랑의 편지를 실어서
냇물에 띄웁니다

당신을 향한 내 사랑의 편지를 실은
종이배는 돛대도 없이 물결이 흐르는 대로
바람이 시키는 대로 흘러갈 뿐입니다

저 배가 누구에게 도착할지
저 편지는 누구에게 읽혀질지
난 그저 지켜볼 뿐입니다

봄의 노래

그동안 불어 대던
차디찬 바람을 잠재우고
봄비가 소리도 없이 내린다

모래바람만 불던
내 가슴의 들판에
생명의 바람이 불어 대고
새 생명들이 나와
내 가슴 들판은
생명의 약동이 가득 차 간다

슬픈 노래의 가사로
가득 차 있던 내 뇌리에
즐거운 노래 가사로
가득 차게 만들고
슬픈 노랫소리만
흘러나오던 내 입에
즐거운 노랫소리가 흘러나온다

내 바람을 찾아 주고
내 생명들을 찾아 준 봄비여!
내 노래 가사를 찾아 주고
내 노래를 찾아 준 봄비여!

사랑하는 이여! 내가 떠나가거든

내가 이 세상에서 떠나가거든
사랑하는 이여
눈물을 흘리지 마시고
웃음 진 눈으로
나를 떠나보내 주십시오

내가 없다 하여
살아 있는 이여
날 위해 슬픈 노래를
부르지 마시고
당신을 위해 밝은 노래를
부르면서 즐겁게 춤을 추십시오

내 머리맡에 큰 나무를 심지 마세요
큰 나무를 심으면
음지가 되고 장막이 되니
내 위에 푸른 잔디만 심어 주세요

그래야 비가 오면 비 맞고
이슬이 내리면 이슬에 젖고
햇살이 비치면
햇살을 안을 수 있습니다

가슴속에 남아 있는
내 그림자를 떨쳐 버리시고
가벼운 마음이 되어
당신의 꿈을 찾아오는
별을 양손 벌려
반갑게 맞이하십시오

그리고 당신 마음이
내키시면 나를 기억해 주셔요
그것만으로도 전 행복합니다

푸르른 하늘이 푸르른 하늘인가

별님보고 나아가다가
달님보고 들어오니
푸르른 하늘이
푸르른 하늘인가를
잊어 버렸네

일에 파묻혀 하루를 지내고
또 하루를 지내다 보면
나를 찾아볼 여유가 없고
나를 뒤돌아볼 여유가 없네

눈 뜨자 별이 반짝이면
인사를 하지만
인사를 받을 시간도 없이
뛰어가라 하고
달님이 반갑다고 인사를 하여도
대답할 힘이 없어서
그냥 쓰러져 잠이 든다

누가 이렇게 살라고
강요하지 아니하였는데
어떻게 살다 보니
이렇게 살아가게 되었네

왜 이렇게 살아가야 하는지?
왜 이렇게밖에 살 수 없는지?

피눈물도 없는 인간으로

세상 살아가는
준비가 다 완료되었다며
세상으로 뛰어나가는
막 이십을 넘은 이들이
저 어른들처럼
아니 살아가겠다는
다짐을 한다

세상을 살아갈 준비가
다 되어 있어도
어떤 날 무슨 일이 일어날지
모르는 것이 세상의 일이다

세상 살아가는
준비가 다 되었다고
방심하고 살아가다
준비 안 되었던 일에
부딪치면 그 단단했던

모습은 어디 가고
초라한 모습과 빈궁한
표정만 남아 있다

저 어른들처럼
아니 살아가겠다는
가슴은 어디 가고
나약한 가슴으로
세상과 타협하며
피눈물도 없는
인간으로 변해 간다

내 작은 가슴으로

내 가슴이 너무나 작아서
당신을 못 찾아갑니다
내 작은 가슴에
당신이 찾아오신다면
당신이 좋아하는
숫대 꽃이 되어
당신을 맞이하겠소

꽃이 떨어져
내 영혼마저 이 세상에서
영원히 사라진다 하여도
당신이 나의 작은 가슴에서
큰 꿈을 키울 수 있다면
나 그것만으로도 만족하겠소

당신이 아니 오시고
영원토록 살아간다 하여도
그것은 살아 있어도

살아 있는 것이 아니고
세상에 그저 존재한다는
것일 뿐입니다

작은 별 꿈

넓은 밤하늘에
작은 별 하나가
빛나고 있습니다
누가 쳐다보던가
아니 쳐다보던가
상관하지 아니하고
그저 묵묵히 자기 빛을
내고 있을 뿐입니다

큰 별빛에 가려져
자기 빛이 아니 보여도
작은 별은 그 누구를
원망하지 아니하고
자기가 가진 빛만으로
빛을 낼 뿐입니다

작은 별은 큰 별 보고
큰 꿈을 가지게 됩니다

자기도 세월이 흐르고 흘러서
천년만년 지나면 큰 별이 되고
큰 빛이 될 수 있다는 꿈과 희망으로
세월의 아픈 눈물 참고 있습니다

작은 별은 넓고 넓은
은하수 바다를 보며
넓은 가슴 가집니다
자기도 세월이 흐르고 흘러가면
모든 것을 포용할 수 있는
은하수 바다가 될 수 있다는 생각에
넓은 가슴 가집니다

삶의 짐이란

삶의 짐이 무거워
걸음을 옮기기가 힘겨워도
그 자리에서 주저앉아 버리면
삶의 짐 무게에 눌려서
다시는 못 일어나고
한줄기 거센 바람 되어
세상을 떠돈다

그러나 포기하지 아니하고
무거워도 무거움을 생각 안하면
한 걸음 한 걸음 앞으로
내디딜 때마다 가벼워지고
좀 걷다가 보면
그 무게가 아니 느껴지고
발은 새 날개가 되어 버린다

무겁다고 생각할수록
삶의 무게는 무게가 더해지고

끝내 무게에 깔려서
삶의 짐은 물거품 되어
세상 속으로 사라져 버린다

삶의 짐이란
우리가 어떻게 생각
하느냐에 달려 있다

나는 왜

나는 왜
이렇게 살아가는 건지
나에게 물어 보지만
알 수가 없고
이런 생각을 하는 건지
나는 모르겠다

당신을 사랑한다고 떠들면서
당신을 괴롭히기만 하는 나
당신이 나 때문에 눈물 흘리면
나는 위로한다는 것이
당신에게 깊은
상처를 입히고 만다

다시는 이런 일이
없을 거라고 약속해도
창공을 나는 새가
날지 안겠다는

약속과 같으니

나 지금 말할 수 있는 것은
당신에게 정직하겠다는 말뿐
이 말이 당신께
위안은 될 수 없지만,
나 지금 할 수 있는 말 이것뿐이네

포도청 같은 목구멍들

포도청 같은 목구멍들을
풀칠하려고 쉴 새 없이
노동하다가 하루의 해가 저물면
지친 몸으로
버스 차창에 의지한 채
고개 숙이고 버스 바닥을 응시하는
그대 모습을 우연히
보게 되었습니다

윗사람들에게 미움받고
아랫사람들에게 멸시를 받아도
포도청 같은 목구멍들을 생각하여
울분과 분노를 속으로 삼키며
일을 묵묵히 하지만
그대의 가슴속에는
피 같은 눈물 흐르고 있겠지요

작은 성냥을 열고 들어가

성냥 알들이 불씨를 달라고 하면
한낮에 미움받고 멸시받으면서
모으고 모아 둔 불씨를
낡은 호주머니에서 꺼내어
하나의 불씨도 안 남겨 둔 채
다 주고 자신은 추위에
몸을 떨었습니다

마지막 인사

마지막 인사도 아니하시고
바람처럼 다시는 못 올 당신께
내가 영혼으로 인사를
하시고 가라 할 때
당신은 나에게 목매인
목소리로 안녕이라고 외쳤지요

그 목소리는 바람을
타고 와서 내 가슴에
메아리가 되어 울려 퍼집니다

그 메아리 내 눈물 타고
세상 밖으로 나와
너무나 너무나 멀리 멀리 퍼집니다

그 메아리는 저 밤하늘을 울리고
달님조차 울어서
한밤의 소나기가 되어

세상을 적십니다

저 빗물은 처마끝
홈을 타고 내려 와서
또 다른 이의 마음에
파고들어 갑니다

얽매인 삶

얽매여 살다 보니
무엇인가
빠져 버린 것을 느끼고
가슴속 깊이 파고드는
허전함에 따스한 차 한 잔 끓여서
가슴속을 채워 보지만
그 허전함은 채울 길이 없네

얽매이던 삶을
떨쳐 버리고
어디론가 떠나 버리고 싶어라

어디 먼 바다로
아니, 혼자의 자유를 찾아서
나 혼자만이 머무를 수 있는
곳을 찾아서 떠나가리라

윗사람들이 없고

아랫사람들이 없는 곳에서
모든 것을 잊어버리고
따스한 자연의 품속에
안기어 다시 깨어나지 않는
잠을 자고 싶다

이름 없는 편지

그리움에 온 밤을 지새워
분홍색 편지지에
나의 불꽃 사랑을 담아
나의 눈물로 적신 봉투에
넣어 살며시 봉한다

그대 이름 쓰려고 하였으나
용기 없어 부끄럼에 두려움에
못 쓰고 그저 이름 없는 편지가
되고 말았다

보내고 싶은 마음에
뜨거운 나의 가슴에
이름 없는 편지를 품고서
그대 창을 서성거린다

살며시 그대 창에
이름 없는 편지를 놓고

바람처럼 왔다

이름 없는 편지여!
나의 불꽃 사랑
전해 주렴

보릿고개 자식

나 어릴 적 시절에
하늘만 보고 농사짓던 때라
보릿고개라는 고개가 있었지
밥 먹기보다 굶기를 밥 먹기 하던
시절에 우리네들 아버님께서
그것을 안 먹이려고
하루에 벼 반 되 준다 하여도
신이 나서 한걸음에 갔었지

일하시다 몸이 아파도
그 일 그만두지 못하시고
일하시다가 몸저 눕게 되었지
아픈 몸에 어린 자식 때문에
약 한 첩도 못 먹었지
그러다가 몸에 장애를 입었지

장애 입은 남편을 돕기 위하여
우리네들 어머니는 한 푼 벌려고 머리에

자신의 몸무게보다 더 나가는
봇짐을 이고 하루 종일 걸음품을 팔았지
해가 서산마루에 넘어가면
어린 자식 굶을세라 그 봇짐이고
한걸음에 집으로 오셔서
지친 모습 감추고 저녁 지었었지

어린 자식들은 그것도 모르고
저녁밥 빨리 안 준다고
때를 써서 어머님 눈에 눈물 고이게 했지
피곤한 몸 밤에는
개구쟁이 자식들 옷 꿰매느라
잠 못 이루고 새벽에야
잠잤었지

오월의 하소연

수많은 오월의 빛이
부서지는데 나의 오월의
빛은 어디 가고 없나

온갖 오월의 꽃이 아름답게 피는
나의 오월의 꽃은 피어나지 않네
수줍어서 피어나지 않는가
사랑을 잃어버려서
나의 오월에 꽃이 피어나지 않는가

온갖 오월의 새가
아름다운 노래하는데
나의 오월의 새는 노래를 아니하네
나의 새는 아직까지

오월을 느낄 수 없어서
노래를 아니 부르는가?
사랑이 없어서

오월의 노래를 아니 부르는가?

수많은 오월의 연인들이
님을 잡고 하소연하는데
나의 오월에 하소연할
오월의 님이 없네

오랜만에

참으로 오랜만에
나는 너를 보았어
한 송이 꽃이 되어
웃고 있는 너의 모습
어릴 적 그때는 꽃봉오리가 되어
너는 내 짝이 되어
내 옆에 앉아 있었지
나는 그런 네가 귀여워서
꽃봉오리를 살짝 꼬집어보면
너는 뜨거운 한낮의 빛이 되어
내 가슴 때렸지

어릴 적 귀여웠던 꽃봉오리여!
이제 보니 귀여웠던
모습은 어디 가고
한 떨기 수선화로 변해
내 심장 터지게 하는구나

활짝 핀 한 떨기 수선화를 보니
내 가슴은
하나의 불의 화살이 되어
너에게로 빗살같이 향하네

사랑의 꿈

포근했던 저녁이
송아지의 울음에
조금씩 조금씩 노을이 되어
사라져 가는 무렵
나는 마냥 너와의 만남이
즐거워 별이 뜨는 것도
모르고 내 꿈을
이야기하고 있었지

나는 너와 만날 때 시간이
정지되기를 바랐고
풀밭에 앉아 가을의 정원을 꿈꾸며
여름의 바다를 말하고
사랑의 노래를 합창하여 불렀지

나는 사랑의 텃밭을 갈았고
너는 사랑의 씨앗을 심었지
비가 안 오면 나는 물지게를 지고

너는 물 양동이를 이고
사랑의 물을 주어
싱싱한 새싹이 움트면
우리들은 얼싸 안고 시원한 울음으로
사랑의 존재를 외쳐 댔지

겨울이면 네가 짜 준 목도리를
눈만 동그라니 내놓고
칭칭 감고는 자연이 만들어 놓은
우리들의 놀이터에서
얼음을 깨서 뗏목을 만들어 모험을 꿈꾸고
눈 오는 날이면
벙어리장갑 네 개가 굴리는
눈사람의 몸뚱이에
너는 가득 담겨진 건강하고 맑은 눈으로
완성된 생명에 모자를 벗어 씌어 주었었지

그것이 꿈이었던가

잠에서 깨어 보니
너의 모습은 사라져 버리고 없고
초라한 내 모습뿐이네

오월의 노래

내 안의 오월을 네게로 보낸다
너는 하늘 저 끝 한줄기
달빛을 타고 앉아
오월의 목소리로 이 땅을 노래하고
네 노랫소리에 땅이 갈라져
수많은 내가 빠져 고통받으며 죽어 갔지

수많은 민초의 맑은 목소리나
고운 마음을 타고
너는 이 시대의
아픔을 다스리는구나

나를 벗어 네게로 보내면
너는 오월의 노래로
떨어지는 너의 꽃잎들이
죽어도 그냥 내버려 두겠지
새로 피어나는 개망초들
허연 웃음을 만나도

너는 그 노래를 불러서
웃음 사라지게 한다

하늘 가까이 가면 갈수록
네 모습 보이지 않고
멀리 구름 속에 네가 아련히
보이는구나

푸른 하늘을 보라

비탈길을 넘어 가다
지치면 하늘을 보라
하늘을 바라보면
힘이 생길 거야

험준한 삶을 넘다가
마음이 나약해지면 하늘을 보라
하늘을 바라보면
강한 마음이 생길 거야

푸른 하늘을 보면
힘을 잃어버린 몸에
하늘의 온기가 전해지며
몸에 힘이 가득 차오르고
나약해진 마음에 굳은 햇살 받으면
강한 마음으로 변해진다

비탈길이 아무리 높아도

하나의 길일 뿐인데
넘다 넘다 보면
언젠가는 길의 끝이 보이리니

삶이 아무리 힘해도
하나의 삶의 고개일 뿐인데
살다 살다 보면
언젠가는 고개를 넘어 가리니

뜨거운 심장이 뛰고 있네

내가 쉬운 말로
그대에게 이야기하면
그대는 어려운 말로
나에게 이야기를 하니
그 말 뜻을 몰라서
다시 물으면 그대는
나에게 핀잔을 줍니다

내가 뜨겁게 살아온 삶을
그대에게 주려고 하는데
그대는 차가운 눈빛으로
나를 보다가 그 고개를
돌릴 뿐입니다

그대가 나에게 하는 말은 있는데
왜 나는 그대 말을 알아듣지 못할까요
그대는 외국말 쓰는
파란 눈 금발도 아닌데

내 앞에서는 늘 우리말과
보통 여인으로 서 있는데

그대는 뜨거운 심장이 뛰고
따스한 사랑의
감정을 가지고 있는 여인인데
내 앞에선 늘 차디찬 로봇이
되어 서 있네

그대는 아름다운
눈빛을 가지고 있지만
내 마음의 빛깔을
아쉽게도 못 보네

그대는 그 누구에게도
뒤지지 않는 미모를
가지고 있지만
내 뜨거운 사랑을

아쉽게도 못 느끼네

내 인생에 황혼이 들면

내 인생에 황혼이 들면
나는 나에게 많은 날들을 지내오면서
사람들을 사랑했느냐고 물어보겠지요
그러면 그때 가벼운 마음으로
사람들을 사랑했다고
말할 수 있도록
나는 지금 많은 이들을
사랑해야겠습니다

내 인생에 황혼이 들면
나는 나에게 많은 날들을 지내오면서
열심히 살았느냐고 물어보겠지요
그러면 그때 자신 있게
열심히 살았다고
말할 수 있도록
나는 지금 하루하루를
최선을 다하여 살아가겠습니다

내 인생에 황혼이 들면
나는 나에게 많은 날들을 지내오면서
사람들에게 상처를 준 일이 없느냐고
물어보겠지요
그러면 그때 얼른 대답하기 위해
지금 나는 사람들에게 상처를 주는
말과 행동을 하지 않아야겠습니다

내 인생에 황혼이 들면
나는 나에게 많은 날들을 지내오면서
삶이 아름다웠느냐고
물어보겠지요
그러면 그때 나는 기쁘게 대답하기 위해
지금 내 삶의 날들을 기쁨으로
아름답게 가꾸어 가겠습니다

내 인생에 황혼이 들면
나는 가족에게 많은 날들을 지내오면서

부끄러움이 없느냐고
나에게 물어보겠지요
그러면 그때 반갑게 대답하기 위해
나는 지금 가족의 좋은 일원이 되도록
내 할 일을 다하면서
가족을 사랑하고 부모님께 순종하겠습니다

내 인생에 황혼이 들면
나는 나에게 많은 날들을 지내오면서
이웃과 사회와 국가를 위해 무엇을
했느냐고 물어보겠지요
그러면 그때 나는 힘주어 대답하기 위해
지금 이웃에 관심을 가지고
좋은 사회인으로 살아가겠습니다

내 인생에 황혼이 들면
나는 내 마음밭에서
어떤 열매를 얼마만큼 맺었느냐고 물어보겠지요

그러면 그때 자랑스럽게 대답하기 위해
지금 나는 내 마음밭에 좋은
생각의 씨를 뿌려 좋은 말과 좋은
행동의 열매를 부지런히 키워야겠습니다

사라져 버린 이슬이여!

아직까지 아무도
지나가지 않는
새벽길 하늘에서
소리 없이 풀잎에 내려앉아
새벽의 노래를 부르며
어둠에서 생명들을 깨운다

새벽의 노랫소리에
생명들이 어두운 잠에서
깨어나서 기지개를 펴고
밖으로 나오면
풀잎에 앉아 새벽을 노래하던
투명한 새벽의 가수는
수줍어 땅바닥에 떨어져
그 모습 사라져 버린다

사라진 그곳에는
새싹이 움트고

움튼 새싹은 한 송이
이름 없는 들꽃이 되어
아름다운 자태를
세상에 뽐내어
사랑이 넘치는
곳을 만들려고 한다

수줍어서 땅으로
사라져 버린 새벽의 가수여!
세상에 사랑이 넘치게 하는
이름 없는 들꽃이여!
네가 있기에 수줍음이
아직도 있는가 보다
네가 있기에 사랑이
아직도 넘치는가 보다

윗집 누님

검정 몽당치마에
흰 저고리를 입어도
얼마나 곱던지
마을 형들이 모두
그 누님에게 넋이 나갔다

다들 그 누님에게 가까이
다가 갈 수가 없는데
연민을 느꼈는지 그 누님이
나를 찾아와서 놀아 주고
친동생보다 더 예뻐해 주었다

그 소문을 마을 형들이
들었는지 한 번도 놀러 오지도 않던
형들이 매일 나하고 놀아 주었고
형들이 나에게 잘 보이려고 애를 썼다

그 행복했던 날들의 막이

오고야 말았다
그 누님이 멀리멀리 시집간다고 했다

그 누님이 시집가는 날
나에게 와서 두 손 꼭 잡으며
그 누님이 아끼고 아끼던
목걸이를 내 목에 걸어 주시고
두 눈에 눈물 흘리면서 떠나갔습니다

그때 눈물 뜻을 몰랐습니다
그때 목걸이 뜻을 몰랐습니다
시간이 흐를수록
그 눈물의 뜻을 알았습니다
그 목걸이의 뜻을 알았습니다

이름 모를 들꽃 되어

이름 모를 들꽃으로 피어나
사랑의 향기를
잃어버린 이들에게
아름다운 향기를
찾아 주고 싶다
이름 모를 들꽃 되어

창틈에 생명의
불꽃으로 자라나
가녀린 줄기에 여린 꽃을 피워
병마와 싸우는
어린 소년 소녀들에게
힘찬 용기와
작은 꿈들을 심어 주고 싶다
이름 모를 들꽃 되어

이름 모를 보랏빛 꽃으로 피어나
서로 싸우고 헐뜯는 이들에게

사랑의 손길로 아픔을 어루만져 주고
보랏빛 마음을 나누어
그들의 마음을 바꾸고 싶다
이름 모를 보랏빛 꽃이 되어

바닷물의 품

세상에는 많은
강들이 도도히 흐른다

내 마음에도
강물이 도도히 흐를까?

세상에는 수많은
종류의 강물이 있다
내 마음의 강에는
무슨 강물로 흐를까?

강물은 바다로 흘러가
바닷물을 만나면
어머니의 품에 안기듯
바닷물 품에 안기어 잠잔다

내 마음의 강물도
바다로 흘러갈 수 있을까?

바닷물 품에 안기어
잠잘 수 있을까?

바닷물은 달콤하게 잠들어
푸른 하늘을 만나는 꿈을 꾸면서
영원히 못할 사랑을 나눕니다

내 잠에도 꿈을 꾸고
영원히 떠나 버린
님을 만나는 꿈을 꾸며
못 나눈 사랑을 나눌 수 있을까?

생명의 빗방울

하늘에서 생명의 빗방울이
내려와 대지를 뚫습니다

뚫는 소리에 대지는 기지개를 펴고
일어나 모든 생명들이 일어나라고
큰 소리로 깨운다

그동안 어둠에서 잠자고 있던
짐승들이 환한 세상으로
뛰어 나와 춤을 추네

말라비틀어진 나뭇가지에
어느새 새싹들이 모여 앉아
이야기꽃을 피우고
찬바람만 불어오던
들녘에 은은한 바람이 불어오네

겨울 하늘을 휘날던

철새들은 저 북쪽으로 날아가고
머나먼 여행 가던
철새들이 고향으로 돌아와
쪽빛 하늘을 수놓네

추락하던 내 가슴

한 조각 천鐵에 몸을 싣고
봄바람 타고 하늘을 나니
한 마리 학이 되네

내 몸이 따스한 기류 타니
하늘 높이 솟아오르고
그동안 추락하던
내 가슴도 따스한 기류에
높이높이 솟아오르네

외로이 하얀 깃털 날리며
하늘을 날아가니
봄의 전령들이 내 손을 꼭 잡고
함께 날아 주고
내 몸 가득 봄의 기운이
솟구 솟아 날갯짓을
더욱더 힘차게 하네

저 대지에 봄의 기운을
전해 주고 싶어서
사뿐히 내려앉아
봄의 구운 대지에 전해 주니
새싹들이 대지를 박차고
나와 노래를 하네

살며시 다가오는 봄

푸른 파도가
거품 내면서 부딪치는
바위에 앉아 저 수평선
너머로 살며시 다가오는
봄기운에 내 몸을 맡기니

몸은 새하얀 갈매기 한 마리 되어
푸른 하늘을 거침없이 날고
봄의 술에 취하여
내 정신은 아득히
봄의 늪 속으로
빠져들어 가네

봄의 속삭임에
내 눈에서 눈물이 나오고
봄의 노랫소리에
어깨춤이 추어지는구나

봄의 강태공

강태공이 되어
바위틈에 자리 잡고
미끼를 낚시 바늘에 꿰어서
푸른 바다에 던진다

몇 시간 기다려도
지루하지 아니하고
봄을 내 손으로
낚는다고 생각하니
내 가슴은
한 조각 통통배가 되어
붉게 타오르는
수평선 너머로 간다

손에 촉감이 와서
낚싯줄을 당기고
딸려 오는 봄을
손으로 잡아채어

내 빈 가슴에 넣는다

파도를 베개 삼아

오늘은 왠지 뭉게구름 타고
아무도 모르는 곳으로
떠나고 싶어라

날이 아무리 밝아도
나를 그 누구도 모르면
나무를 흔들의자 삼고
넓은 풀잎을 양산 삼아
새들이 아름답게 노래하는
가운데 낮잠 자면
세상의 그 누구보다도 부러울게
없을 것 같은데 못 떠나가니
내 힘을 잃어 가네

오늘은 왠지 서풍을 타고
멀리 망망대해로
떠나가고 싶어라

밤이면 하얀 구름을 이불 삼고
잔잔한 파도를 베개 삼아
바람과 갈매기들을 친구하면
세상의 그 무엇도 부러울게
없을 것 같은데 못 떠나가니
내 가슴속에 비가 내리네

낙엽아 낙엽아 너는 좋겠다

산하에 떨어져 있는
생명 없는 낙엽은
세상일들을 모르고
비 내리면 비 맞고
눈 내리면 눈 맞으면서
산하에 거름이 되어 간다
낙엽아 낙엽아 너는 좋겠다

세상의 불길에 들어가는
생명 없는 낙엽은
고통도 아니 받으며
불길이 휩싸인 대로
맡긴 채로 재가 되었네
낙엽아 낙엽아 너는 좋겠다

기름진 산하

내 사랑 기름진 산하에
심으려고 힘차게 날아
가는데 거센 비바람이 몰아친다

거센 비바람 헤쳐 나가니
기름진 산하가 내 눈앞에
보이는데 내 날개는
거센 비바람에 떨어져 나가고
내 몸은 흙탕물에 떨어져
흔적조차 찾을 수 없다

거센 비바람이 멈추고 나면
기름진 산하에는
이름 모를 잡초만
무성하게 자라난다

당신에게 보이기 싫어

당신에게 초라한 모습
보이기 싫어
내 모습 꾸며 보지만
당신의 날카로운 눈을 피할 수 없어서
초라한 모습을 드러내고 만다

당신에게 피로한 몸
보이기 싫어
밝은 웃음을 띠어 보지만
당신의 날카로운 눈을 피할 수 없어서
피로한 몸을 드러내고 만다

당신에게 괴로운 심정
보이기 싫어
떠들어 보지만
당신의 날카로운 직감을 피할 수 없어서
괴로운 심정 드러내고 만다

당신에게 눈물
보이기 싫어
찬물에 세수를 해 보지만
당신의 날카로운 후각을 피할 수 없어서
눈에 눈물을 드러내고 만다

기도하는 소망

고뇌에 빠져 있을 때
당신의 법문으로
빠져나오게 해 주소서

서로 미워하는 마음으로 살아가는
이들에게 당신 자비의 가르침으로
미워하는 마음을 사라지게 해 주소서

번뇌하는 이들에게
당신의 온화한 미소로
번뇌를 없어지게 해 주소서

우주보다 넓고 깊은 가슴에
갈 곳을 잃어버리고 방황하는
이들을 감싸안아 주소서

봄을 보내며

멀리서 뻐꾹새 소리가 들려오면
노란 꽃잎이 떨어지고
봄은 여름의 입속으로
들어가서 태아를 잉태한다

높은 하늘에서 뭉게구름 한 점이
바람 따라 흘러가면 사로잡았던
봄의 꿈이 구름 따라 흘러가고
흘러간 자리에는 꿈의 나무가 자라난다

숲속의 짐승들이 뛰어나와
서로의 짝을 찾아 사랑을 나누면
나눌 수 없을 것이라던 내 봄의 사랑도
누군가에게 나눌 수 있다는
희망으로 봄을 보낸다

머나먼 길 떠나가는
봄은 저렇게 발길이 가벼워서

눈 깜박하는 동안에
그 모습 찾아 볼 수가 없었다

슬픔의 창문

예전 나의 방에는
크지도 않고 작지도 않은
창문이 있었지

그 창문으로
하늘이 무지개를 만드는 것을 보았고
멀리 숲속에서
아장아장 세상에 첫발의 걸음을 걷는
어린 꽃사슴도 보았지

그 창문으로
꽃향기 들어와 나의 방에는
꽃향기가 가득 찼고 별들이
그 창문으로 들어와
나의 방 이곳저곳 둘러보았지

그 창문으로
산들바람이 불어와

나를 취하게 만들어
그 창문 밑에서 드러누워 잠들었지

잠결에 나의 뺨에
나풀거리는 모습에 눈을 지그시 뜨고
분홍색 치마가 보여
누님이 빨래 널어놓았다고 생각하고
난 다시 잠들었지

그 분홍색 치마가 누님이 마지막으로
갈아입은 옷이었는지 저녁나절
사람들이 나를 깨워서
그제야 알았지

석굴암

화를 내고 찡그리던 얼굴은
은은히 미소 짓는
당신의 얼굴 보니
미소 짓는 얼굴로 변합니다

당신의 미소를 보니
산만한 정신은 사라지고
올바른 정신으로
자리 잡습니다

당신 몸에서 은은히 풍겨 오는
온화한 가슴에
괴로워하던 이 중생의
가슴은 푸른 하늘이 되고
높고 푸른 하늘에
새들이 평화롭게 춤을 춥니다

당신의 젖에서 흘러나온

젖을 한 모금 마시니
저 사바세계에서
물든 검은 마음 내려가고
희고 흰 마음이 되었습니다

학

푸르른 푸르른 잔디밭에
눈부시게 희고 흰
천상의 학 한 쌍이 내려앉아
먹이를 쫓는다

정답게 마주 앉아
자신이 찾아 낸 먹이를
그에게 먹여 주고
그가 찾아 낸 먹이를
그녀에게 먹여 준다

그 모습에 모든 사람들이
매혹되어 가는 길 멈추고
멍하니 한없이 한없이 바라보다
한 마리 학으로 변해 가네

한 마리 학이 비상하여
푸른 창공 훨훨 나는데

세상의 돌멩이에 맞아 눈멀어서
한 마리 학이 비상을 못하여
날개만 퍼드덕퍼드덕 하는 것을 보고
내려와 흰 손 내밀어 함께 비상하여
푸른 창공 훨훨 날으니
그 사랑에 감동하여
하늘이 오색 무지개를 띄워 주네

세상의 지우개

당신의 손을 가만히
나에게 내밀어 주세요
형체도 없는 뜨거운 사랑을
당신의 손에 쥐어 드리리

차디찬 겨울 날씨에
그 사랑 식어 버리지 않도록
포근하고 따스한
당신의 호주머니 속에 넣어서
눈꽃 흘리지 마시고 가세요

나를 생각할 때마다
그 사랑 당신의 호주머니에서
꺼내 뜨거운 나를 느껴 보세요

당신 가만히 나를 보아주세요
내 모습 당신의 눈에
새겨 드릴 테니

세상의 지우개에
그 모습 지워지지 않도록
눈을 꼭 감으시고
어떤 유혹에도
빠지지 마시고 가세요

나의 모습 보고 싶을 때마다
해맑은 거울 앞에 앉아
당신의 눈을 뜨시고
거울을 보세요

나의 변명

밝은 생명의 길에서
어두운 길로 가는
너에게 나는 아무 말 하지 않았지
용기가 없었고 너를 끄집어
낼 수 있는 힘도 없었지
그것은 나의 변명이었겠지

어두운 길을 걸어가면서
너는 뭔가를 줄 곳 기다리며
지쳐 가는 너의 모습 보고 있고
나는 네가 기다리는 것이 뭔지
알면서 아무런 행동도 안 했지

끝도 없이 어두운 길을 가야 하는
네가 기대할 수 있는 것은
무엇이고 누군지 알지만
내가 너의 마음을 알기에
나는 너무 두려워서

어찌할 수가 없었어

내가 너를 사랑하면
사랑한단 말 대신에
차갑게 대하는 걸
너도 알고 있을 거야
내가 차마 너에게 말할 수 없으니
너도 차마 말을 할 수가 없지

목련

백설 같은 옷을 입고
그 몸매 뽐내고 앉아
잎사귀조차 어여쁜
자기 몸매를 가릴까 봐
잎도 나지 아니한
나뭇가지 앉아 있는 목련이여

꽃바람조차
너의 백설 같은
옷을 보고
아름다움에 놀라서
네가 앉아 있는 곳에는
불어오지 아니하는구나

수많은 남자들이
너에게 목매어도
너는 고고한 모습으로
사랑하는 님이 오시기만

기다리고 눈길 한 번
아니 주는 목련이여

너의 모습 못 볼까 봐
너는 하나의 그림자 만들어
너의 모습 못 보아도 그림자
보면 너를 찾아오게
4월의 님을 기다리는 목련이여

또 하나의 상처

때 묻은 모자 아래로 보이는
얼굴의 잔주름이 오늘따라 왜 이렇게
슬프게 보이는지요

걸어가시는 모습이
오늘따라 왜 그렇게
힘이 없을까요

나를 위하여 그 꽃다운 청춘
다 보내시고 이제 남아 있는 것은
온몸에 상처와 고통뿐입니다

그 상처를 얘기하실 때 어두웠던
그 옛날의 고생을 왜 얘기하느라고
또 하나의 마음의 상처를 주었지요

힘겨운 일을 하시고
돌아오셔서 나를 위하여

힘겨운 일을 또 하시고
나를 볼 때 웃음을 잃지 않으셨던
그 얼굴을 영원히
잊어버리지 않겠습니다

당신은 아침의 태양

어두움으로 둘러싸여
어두움밖에 몰랐던 나에게
당신은
소리 없는 밝은 아침의 태양처럼
그렇게 내게 다가와서
밝은 햇살이 뭔지
가르쳐 주셨습니다

타들어가는 슬픈 내 가슴에
밝은 태양 빛이 되어
자그마한 이슬방울을 떨어 뜨려
내 가슴 적시게 하시고
푸른 동산으로 변해 가게 하였습니다

꽉 막혀서 숨조차
못 쉬고 헐떡이는 나에게
당신은
세차게 쏟아지는 폭포수가 되어

꽉 막혔던 숨통 뚫어 주어서
이렇게 마음껏 뛰어 다니고 있습니다

나의 흔적

지난가을
교외에서 불타는 나뭇잎들이
바람에 춤추고 마지막
나뭇잎들이 떨어질 것을 예감하듯이

지난 청춘의 가을
찬란하게 반짝이는
나의 청춘도 떨어질 것을 예감하듯이
이제 청춘의 불꽃이 꺼져 간다

마지막 불꽃을 태우려고
더욱더 불타오르게
바닷바람에 내 청춘 영혼을 맡긴 채
불꽃에 지난가을 주워 둔
나뭇잎들을 넣는다

백사장에 나의 흔적 새겨도
파도가 이내 밀려와

지워 버려도
그 흔적 또 새기고 또 새긴다

이제 청춘의 봄날들은
다시는 못 돌아오지만
백사장에 새겨 놓았던
흔적들은 파도에 하나 둘 지워지지만
지우는 저 파도는
내 흔적들을 기억하겠지

굵은 빗방울

이슬비가 소리 없이
내 마음에 내리고
내 마음은 굵은 빗방울이 되어
세상 땅에 내린다

세상 땅에 내린 굵은 빗방울은
땅에서 자라나는 생명의
모든 몸뚱아리에
스며들어 짙푸른 녹음이 되어
푸른 산하로 자리 잡는다

산하의 모든 짐승들이
평화로이 풀을 뜯어먹으며
가슴마다 사랑을 심으며 살아가고
온갖 새들이 마음을 열고
사랑의 노래를 부른다

돌의 애원

그 자리에서 움직일 수 없어서
사랑하는 이의 눈앞을 가리는 이유는
내가 나를 움직일 수 없는
생명체이기에
어쩔 수 없이 가로막고 있소

사랑하는 이여
나를 부수어
흰 모래알 만들어
백사장에 뿌려 주시고
넓은 세상 보여 주십시오

내가 길을 가로막고 있는 이유는
내가 본의 아니게
세찬 비바람에 굴러 떨어져
어쩔 수 없이 가로막고 있소

사랑하는 이여

나를 부수어
보이지 않는 먼지로 만들어
바람에 실어 세상을 떠돌게 해 주시고
밝은 세상을 향해
길을 떠나게 해 주십시오

찬란한 해

태산의 문이 열리고
찬란한 해가 떠오르고
어두움으로 한 치 앞도
안 보이던 세상은
당신의 빛으로
천 리 앞도 보이네

맑고 맑은 첫 목소리에
마음의 마개로 막혀 있던
세상은 당신의
첫 우렁찬 목소리로
마개는 빠져 나가네

밝고 밝은 당신의 미소에
찡그린 세상 사람들의
얼굴이 펴지고
당신의 미소에
세상 사람들의

신음소리 사라지네

수줍은 마음

어여쁜 봄의 처녀가
수줍어 꽃잎에 숨어
눈만 보이네

봄의 처녀가 숨어 있는
꽃에 가까이 가면
수줍은 마음이 꽃잎에
전달되어 꽃잎은
분홍색으로 변하네

뒤돌아서면 꽃잎에
숨어 있던 봄의 처녀가
살며시 어여쁜 얼굴을
내미네

길을 재촉하면
봄의 처녀가 아쉬운 마음에
봄바람 타고

가지 마라는 아름다운 목소리로
발목을 붙잡네

나의 마음

습기 가득 찬 나의 방에서 나와
댓돌에 앉아 하늘을 바라보니
조각구름이 한 점 한 점 수를 놓고 있어
수를 바라보다가 나도 땅바닥에
말 못 하는 나의 마음 한 점 한 점 수를 놓네

시간이 흘러 갈수록
조각구름이 놓았던 수는
햇살에 못 이겨
그 모습 사라지고
말 못하는 나의 마음 수는

시간이 흘러 갈수록 선이 또렷해지고
햇살이 스며들수록 햇빛에
나의 마음 수는 불빛을 내면서
푸른 하늘에 수를 놓는다

푸른 하늘에 놓은

말 못 하는 나의 수는
바람 따라 흘러 흘러 세상을 떠다닌다
지금도 어떤 푸른 하늘에 떠가고 있겠지

들국화 계절

화려한 빛깔은 아니지만
그 빛깔에 나는 이끌려서
당신 쪽으로 걸어간다

아주 아름답지는 않지만
환한 아름다움에
나는 반하여
내 마음 사로잡혔다

아주 향기로운 향기는 아니지만
은은히 풍겨 오는 향기에
나는 취하여
당신 입술을 갈취한다

당신은 어이하여
추운 계절에 오십니까

어둡고 추운 밤이 오면

당신은 추위를 이겨내려고
별들과 뜨거운 이야기를 한다

말없이

달님과
고요한 바다 위에 앉아
고기와 벗을 삼아
차 한 잔 맞으면서 이야기를 나눠보시다

달님이시여
저랑 순풍에 걸터앉아 밤바다에
한 잔의 차를 띄워 놓고 찻잔이 가는 대로
우리도 따라 가 봅시다

등대 빛이
바람을 가르며
나의 어두운 미래를 비추어 준다

등대여 희미한 빛으로
어두운 망망대해 떠가는 찻잔을 비추어
우리 따라 갈 수 있게 해 주오

달님은 말없이
나의 이야기를 들어주고
등대는 아무런 말없이
미래를 비추어 준다

순풍은 아무런 말없이
상처 입은 나를 감싸안아 주고
바다는 넓은 마음으로
나를 받아 준다

나의 일상

나의 어린 시절
나에게도
남들과 똑같은
꿈, 희망, 미래가 있다고
생각하고 살았네

그렇지만,
철들어
꿈도 희망도 미래도
다 어두움 속으로
사라져 버렸네

나에게
남아 있는 것은
식충이라는 별명과
단칸방뿐이었네

그러나,

희망찬 학교 생활과 운동을 하면서
꿈 희망 미래의
무지개가 펼쳐져 있네

이제
식충이 대신
오뚝기라는 별명이
나를 따라 다니네

더 넓고 넓은
바다가 기다리고
높고 높은
하늘이 기다리고 있네

삶의 정화수

이 세상을 살아오면서 안 좋은 기억들은
저 붉게 불타는 낙조에 모두 불태워 버리고
좋은 생각만 간직하겠습니다

이 세상을 살아오면서 거칠어진
말씨를 새벽 이슬이 떨어지는 소리에
아름다운 말씨만 나올 수 있게 하겠습니다

이 세상을 살아오면서 혼탁해진
눈은 이른 아침 정화수에
아름다움만 볼 수 있도록 눈을 씻겠습니다

이 세상을 살아오면서 오염된
귀를 칼바람이 불어대는
들녘에 나가 오염된 소리를 날려 보내겠습니다

비틀어진 몸이지만 나는 사랑한다

수족이 모두 마비가 되어
남들이 아무런 쓸모없고
아무것도 못한다 생각들 하지만,
내 몸을 사랑하며
내가 할 수 있는
일이 있다고 생각한다

수족이 마비되었다고
이성 감성도 없다
남들이 그렇게들 말하지만,
나에게도 오감이 있고
남들보다 더 깊은 감성이 있답니다

정상으로 살며
꿈도 희망도 없이
살아가는 사람들도 있다

비록, 움직일 수 있는 것은

입밖에 없어도
꿈, 희망을 가지고 살아간다

그,
새싹이 자라나는 곳은
학교 생활과 운동이다

지금은 보잘것없는 새싹이지만,
열심히 물 주고 거름 주어
거목이 되게 하겠다

거목이 되게 하려면
실연과 고난이 있어도
그것을 이겨내고
나의 가을에
큰 수확을 하리라

그 큰 열매를

여러 사람들에게
나누어 주리라

외롭게 핀 꽃 한 송이

한 송이 꽃이
외롭게 피어
님 찾아오시나
산 너머 솔밭을
바라보고 있건마는

님은 오지 않고
못난 풍뎅이만
날아와서 앉네

해가 산꼭대기로
넘어가면
기다림에 지쳐서
하나 둘 꽃잎 떨어지네

꽃잎이 다 지기 전에
님이 찾아오시면
꽃이 기뻐서

눈물 흘리겠지

밤바람에
꽃잎이 휘날려
님 찾아 산 너머
솔밭으로 날아가네

사람이 그리워

사람이 그리워
사람이 그리워
툇마루에 앉아
오가는 사람들
바라보고 있건만,

누구 하나
나를 바라보는 사람은 없고
길 잃은 개만 바라보네

지나가는 사람 중에
아는 사람이 있어
불러보나
모른 체하면서
지나가고
철모르는 아이만
대답을 해 주네

저 많은 사람 중에
나한테 눈길 한 번 주는
사람이 없나
저 많은 사람 중에
나한테 말 한마디 걸어주는
사람이 없나

사람이여
제발 눈길 한 번
줄 수 없나요
말 한마디 걸어주소
내 다리가 원수로다
내 다리가 원수로다

2014 장애인 창작집 발간지원 사업 선정 작품집

내 인생에 황혼이 들면

1쇄 발행일 | 2014년 12월 20일

지은이 | 김준엽
펴낸이 | 정화숙
펴낸곳 | 개미

출판등록 | 제313 - 2001 - 61호 1992. 2. 18
주소 | (121 - 736) 서울시 마포구 마포대로 12 한신빌딩 B-109호
전화 | (02)704 - 2546, 704 - 2235
팩스 | (02)714 - 2365
E-mail | lily12140@hanmail.net

ISBN 978 - 89 - 94459 - 47 - 9 03810

값 10,000원

주최 | 대한민국 장애인 창작집필실
주관 | 장애인인식개선오늘(고유번호 305-80-25363. 대표 박재홍)
심사 | 발간지원 사업 심사위원회
후원 | 대전광역시, 대전문화재단, 계간 문학마당